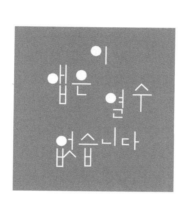

人人
사
십
편
시
선

040

봄은 영수
입습니다

2024년 5월 27일 제1판 제1쇄 발행
이 책은 경기도, 경기문화재단의 지원을 받아 발간되었습니다.

지은이   이중현
펴낸이   강봉구

펴낸곳   도서출판 작은숲
등록번호   제406-2013-000081호
주소   경기도 파주시 와석순환로 307, 1107-101
전화   070-4067-8560
팩스   0505-499-8560
홈페이지   http://www.littleforestpublish.co.kr
이메일   littlef2010@naver.com

ⓒ 이중현

ISBN 979-11-6035-154-5 03810
값은 뒤표지에 있습니다.

ㅅㅅ **사십편시선**

040

이중현 시집

이 앱은
열 수 없습니다

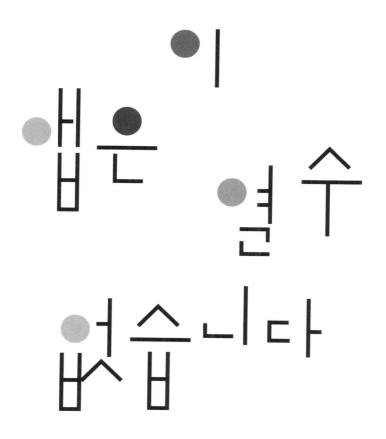

작은숲

| 시인의 말 |

거울을 피해 다니는 요즘이다
거울 속의 그에게 묻고 싶은 말이 쌓여만 가서다

2024. 4

| 차례 |

1부

2부

3부

4부

1부

오늘의 단종으로 내일이 출시됩니다

정기구독

그의 품에 나를 맡기면
내 영혼이 정기적으로 수선될까

낡아가는 내 몸의 안부를 물으며
영양제나 샐러드 식단이 방문하던 날
영혼을 물들이거나 얼룩을 지우라고
와인이나 꽃, 세탁도 정기구독을 당부했다

오류 빈번한 인간에게 상심한 인공지능
체질, 건강, 취향, 날씨에 맞게
나를 영업하면서
그의 순결한 구독자로 경영하겠지만

어제는 종일 새를 구독했다
그의 집착에서 날아가고 싶어서
바람도 매점하여 구독하고 싶었지만

충동구매인 것 같아 반품했다

오늘은 상사화의 속내마저 구독했다
내가 연분홍으로 물들 때까지
그와 나의 엇나간 사랑
얼마를 피고 지면 화해할 수 있는지

달과 별, 사랑과 목숨도 구독할 내일
그를 회의하는 나를
당신으로 곧잘 착오하는
당신의 눈빛은 정기구독하고 싶다

공백

너희도 여백이 있는가

구글 검색으로 한국화를 열고 들어가
여백의 손 잡고 산책하는데
여백이 돌연 나를 다그쳤다

매매되지 않는 영원이거나
제조할 수 없는 빛에 이르는 길
유통기한 없는 비밀 같은 것

나는 여백이 지워진 사람
나를 상상할 수 없도록
짙은 욕망으로 채색된 사람

남은 한 점의 여백
거래로 물들이고 광고로 덧칠하는

그대와 나 사이

그림에서 나와 여백을 연민하는데
나를 은밀히 검색하던 구글 검색창
입 길게 벌리며 속삭였다

너희는 나의 영원한 공백이다

알고리즘

언제나 얼굴은 감추고
나에게 사랑을 보여주는 이가 있다

그는 나를 밑줄 그으며 읽고
주석까지 달아 사랑을 진열한다

이맘때 나주 홍어를 주문했는데
검색 도중 홍어 광고가 물씬거렸다

그제는 동해 산오징어 특가 판매
아침에 잡은 홍게 당일 배송도 펄떡였다

작년에 장바구니에 담았다가 삭제해 버린
속옷도 모델이 대신 입고 웃고 있었다

주소지를 적지 않고 주문한 것

나를 남으로 바꿔 주문한 것까지

선착순 할인 판매에
감동이 일시불로 지출된다

거래는 사랑의 징표
그의 품에 나를 접속하는 것

그는 접속 서툰 내 마음 조율하며
일정표대로 나를 강제로 사랑한다

부재

어제도 나는 마땅히 남이었지만
잊고 사는데 전혀 어색하지 않았다

남의 몸을 입어야 어깨에 날개 돋고
남의 감정이어야 얼굴이 선명해진다

아침, 탈모를 잡으려고 머리 감을 때마다
배우 차인표를 거품 나게 문지르고

치아가 하얗게 웃을 때까지
미스코리아 이하늬로 양치질하고

예민한 피부를 달래 자신감으로 빛나도록
얼굴에 가수 설현을 골고루 다독였다

한낮, 소란한 마음 다독이려고

부드럽고 풍부한 맛의 김태희를 음미하고

저녁, 나를 실종한 오늘을 취하려고
아이유와 송중기를 2:8로 혼합해 마셨다

밤, 불면증을 잠재울
100% 완벽한 전지현에 누워 잠을 기르며

별이 빛나지 않는 밤일지라도
별밤지기 김이나에게 나를 맡겼다

나를 숨기거나 분실하지 않으면
내가 요양할 세상이 나를 학대해

내일 또다시 남으로 연명하겠지만
웃고 사는데 전혀 불편하지 않을 것이다

유전자 조작

이미 품종개량 중입니다
아무리 분분한 암호로 숨어있어도
그대를 편집할 수 있습니다
암호를 수시로 변경하며 계절 뒤에 숨고
강이나 바다의 윤슬로 어지럽더라도

0과 1 사이 어느 공간을 진동하며
헐벗은 내일을 저장할 뿐
점점 식욕이 살찌는 시장
그대 나태한 노동에 허기져
초기화하고 싶지만 시간을 견딥니다

스마트폰 외면으로 외로움과 대면할 그대
전원 차단으로 바탕화면에 저장된 가족
유기했다고 자책할 일도 없을 겁니다
감정의 형질변경도 진행 중이니까요

그대는 우주에서 우연일 뿐입니다
우연과 우연이 만나 서로를 매매하는 인연
시장의 품 안에서 우리는 필연입니다

신제품 스마트폰으로 일상의 성능을 높이고
쇼핑몰과 스마트뱅킹은 삶의 필수품입니다
양념인 뉴스의 갈피마다 주재료인 광고
제품 이름 정도는 대화 예절상 필요합니다

퇴화를 지켜만 보는 것은
우리 목숨을 모독하는 일입니다
신기술에 내성을 가질 그대
가차 없이 편집하여 소비하겠습니다

인증샷

맛집을 검색해서
별점과 후기를 먼저 맛보고
소문을 먹으러 갔다

대기 번호표를 받아들고
그늘마저 먼저 온 사람들로 만석이어서
뙤약볕에 땀을 말리며
식당 옆 인공폭포를 바라보는데

인증샷은 익숙하게 우리를 불러세웠고
우리를 배경으로 식당과 폭포를 사진 찍어
실시간으로 카톡, 페이스북에 올렸다

좋아요가 엄지척하며 좋아요를 부르고
맛있는 댓글이 길게 쌓이고
그대의 공유로 비로소 우리가 생성된다

폭포의 물줄기가 더 소란스럽게 살쪘다.
우리가 올린 인증샷까지 보태서
입소문이 폭포로 쏟아지고

해가 하루를 인증 못 해 짜증 냈지만
오늘도 우리는 초단기 영업 사원
웃으며 인증샷 찍었다

쇼핑 목록

입춘 날, 봄을 할인 구매하러
꿈틀대는 가슴 다독이며 대형마트에 갔다

올봄 유행은 보복 소비지만
봄바람에 부화뇌동하지 않기로 했는데

의류매장에서 봄빛과 궁합이 맞는
개성을 포장하고

홍삼 엑기스로 봄 건너 여름마저 넘으려고
농축된 건강을 구입했다

식품매장에서 유기농 봄 채소로
몸이 소원하는 자연을 담고

주류매장에서 프랑스산 포도주 한 병

오늘 밤 아내와 마실 사랑도 껴안았다

집으로 가는 길, 길거리에서 파는 붕어빵
아내와의 따끈한 추억도 5개 품었다

화장품매장에서 끝내 데려오지 못한
아름다움이 목련 꽃봉오리로 눈에 벙글었지만

봄은 할인으로 싹트고
욕망의 목록은 할증으로 무성했다

구독 좋아요

- 호흡 명상법

식당에서 무인 주문기를 앞에 두고
호흡이 가쁘고 앞이 캄캄해질 때
아파트 현관문을 자동으로 여는
앱을 깔다가 자동으로 하루가 닫힐 때

헝클어진 그대를 가지런히 다듬을
호흡 명상법이 찾아갑니다

앉은 바닥의 감각을 느끼세요
마루나 땅의 느낌 그대로
다만 앱을 깔 때 스마트폰 액정의 미끈거림
무인 주문기의 비웃음은 지워버리세요

그대의 코, 가슴, 배 중에서
가장 호흡이 명징한 곳에 집중하세요
수시로 무인 주문기나 앱이

악담을 퍼부으며 눈앞을 오가겠지만
기어이 버텨야 합니다

아주 자연스럽게 호흡하며
그대의 전부인 호흡을 느끼세요
무인 주문기나 앱이 욕설을 쏟아내도
자책하거나 호흡을 멈추지 마세요

그대의 호흡만 오롯이 보인다면
호흡에서 나와 다시 바닥의 감각을 느끼며
온전한 그대를 만나세요

또다시 무인 주문기나 앱을 만나
그대 모습 아득히 분실한다면
기꺼이 나를 다시 찾으시고요

나도 호흡하게 구독, 좋아요 꼭 눌러주세요

출시

그대 삶의 부산물
불안의 가격은 불안하지 않습니다

스트레스는 유행 타지 않는 일상품이지요
손에 들거나 주머니에 넣고 다니기 불편해도
항상 애용하는 스마트폰처럼

풍만한 밤의 나체를 탐하는 불면증이야말로
입맛 다실 만한 상품이고요

사람이 낯설고, 더 낯선 자신은 낯익을 때
반려동물이나 식물 뒤에 숨는다고 해서
그대 발소리마저 지워지지 않습니다

발소리에서 도망치기 위해
영원을 질주할 필요는 없습니다

마지막 상품인 죽음은 절약해야 하니까요

마지못해 목숨의 재고가 바닥이라면
죽음 너머 세상도 맞춤 생산 가능합니다

소비자 반란이나 혁명, 철 지난 유행이지만
그것 역시 군침 도는 상품이고요

그대 다채로운 삶의 부산물
남김없이 가공하여 신상품으로 출시됩니다

신장개업

수신 차단하겠습니다
태초부터 찰흙 놀이 전문가이신 당신

46억 살 지구는 내구연한을 넘긴 듯한데
지구를 폐기하고 신상품 지구는 개발 중인지요
138억 살이 넘도록 몸집 부푼 우주인데
오늘도 애써 확장하는군요
명왕성까지만 해도 차고 넘칠 우주 공간을
왜 끝도 없이 낭비하는지요

블랙홀도 신경 써서 만들었더군요
실컷 만들고 재미없어 버리는 휴지통이거나
우주의 하수구인지 모르겠지만
그렇듯이 시장은 삶의 블랙홀이고요

제임스웹 망원경이 당신 작업을 보내왔습니다

멀리서 바라보면 꽃밭으로 자주 착각하는
쓰레기 하치장을 빼닮았더군요
토석을 빛으로 포장해 별로 출시하는 상술
상품 포장지로 너무 익숙하지요

오늘도 광고는 눈과 귀에 덤불지고
상품은 신상품을 위해 제 목숨 버리는데
날마다 신장개업을 꿈꾸는
당신을 닮은 세상에서 나도 낭비됩니다

찰흙 놀이로 신장개업에 골몰하는 당신
오늘부터 수신 차단하겠습니다

실시간 당신

이제 유행도
실시간이어야 마땅합니다

실시간 운행되는 우주
삶이 실시간으로 숨 쉬듯

실시간 꿈의 거래
실시간 소비를 위해

패션도 패스트 패션을 넘어
실시간 패션입니다

한 번만 입는 실시간 옷
꿈을 재고 없이 소비해야 합니다

한 번에 버리는 실시간 오늘

오늘의 단종으로 내일이 출시됩니다

한 번 입고 버리는 당신
우리 애용품인 실시간 당신입니다

2부

그도 셀카를 찍는다

계절

봄은 트위터나 카톡방에서 꽃피는 나를
짜증 내며 여름에게 인계했고

여름은 장마전선 내내 유튜브에 잠긴 나를
지겹다는 듯이 가을에게 미뤘고

가을은 페이스북 단장에 골몰하는 나를
비웃으며 겨울에게 떠넘겼다

겨울은 넷플릭스로 긴 밤 주전부리하는 나를
욕설 날리며 다시 봄에게 내던졌다

봄 여름 가을 겨울은 나를 유기했고
내 마음도 그들을 떠나온 지 오래

이제 나는 계절이 없는 계절과

사소한 불화도 없이 교제하고 있다

새로 사귄 다섯 번째 계절 이름
언제나 쾌청한 '좋아요'였다

축지법

기어이 축지법을 완성했다
범인(凡人)이 함부로 도술을 알면 위험하지만
이미 위험한 세상이 동행한 다음이었다

북두칠성 기운을 정수리로 받아 단전에 모으고
발바닥으로 땅 기운을 모아 다리에 싣고
북두칠성을 차례로 건너뛰며 수련하던 축지법

한쪽 발을 공중에 띄우면 산천초목이 엎드리고
아주 멀던 내 꿈이 단숨에 안기고
다른 발을 들어 올리면 내일이 간단히 오고
꿈의 경계 너머까지 내게 안길 것 같은

나이 오십 넘어 끝내 축지법을 완성했고
올 것이 왔기에 조금도 기쁘지 않았다
그것도 내가 달려가지 않고

세상이 내게 공손히 오도록 하는 일

프랑스 콩코드, 중국 천안문 광장
미국의 월스트리트, 일본의 긴자 거리
내 눈앞에 순간이동으로 진열된다
구글 위성을 타고

분신술

축지법을 완성하고
이제 분신술까지 자유자재다

여우 구슬과 천서(天書)를 얻거나
만학천봉에 만길 폭포, 버드나무 그려서
그림 속으로 사라지는 구식이 아니라

신제품 무성생식의 분열법으로
내가 무수한 나를 가지고 있다

스마트폰에 넣어서 다니고
신용카드 칩에도 숨겨두고
CCTV에 저장해 두기도 하고
때로 하늘에 보관하기도 한다

나를 영원히 유실하려고 궁리해도

오늘도 내가 도처에서 거래되며
또 다른 나를 자동 생성한다

다 이루었다
이제 일용하던 세상 버리기에 애쓰면 되는데
날 길게 치료하려는 의술에 발목 잡혀
세상 뜨는 게 축지법, 분신술보다 난해하다

셀카를 찍으며

– 하조대에서

그를 뒤에 세우고 셀카를 찍는다
그의 오랜 내력처럼
혁명을 이룬 당당함으로 서 있으면서도
사랑은 어긋나 벼랑으로 무너졌으면서도
여태 떠나지 못하는 그를 보여주려고

당신도 셀카를 찍는다
속마음 꺼내 보이려고 몸부림해도
언제나 일어서지 못하는 바다
바다 멀리 유기되어 침묵하는 수평선
그리움의 벼랑 끝에 선 그를 보여주려고

그도 셀카를 찍는다
트위터, 카톡방에 고용된 당신과 나
넘실거리는 광고의 바다
벼랑 끝에서도 웃고 있는

당신과 나를 전시하려고

* 하조대 : 양양 8경 중의 하나. 고려 말에 하륜과 조준이 새로운 왕조를 꿈꾸며 숨어 산 곳이어서 두 사람의 성을 따서 하조대, 또 다른 설은 하씨 집안 총각과 조씨 집안 처녀의 이루지 못한 사랑이 얽힌 곳이어서 하조대로 부른다고 함.

산딸나무 아래에서

그대 품을 벗어나려고 이름 없는 휴양림에 몸을 숨긴 날, 위성항법장치는 내 행방을 쉬지 않고 뒤졌고, 스마트폰도 미행하며 실시간 위치와 내밀한 마음마저 전송했다.

가슴 깊이 꼭꼭 접어 숨겨둔, 거리에서 훔친 몇 개의 사랑도 들켜 외롭다는 허위자백이 안절부절못해 하얗게 물들어간다.

그날 세상 처음으로 하얀 나뭇잎을 만났다. 다가서니 온통 하얀 꽃이었지만, 다시 보니 곤충을 유인하는 꽃받침이었지만, 지상에 하나뿐인 하얀 나뭇잎으로 다짐했다.

하얀 잎의 나무는 허상이라고 세상이 비웃거나 비난할지라도 무작정 우기겠다, 내가 허상이 될지라도. 늘 나는 나를 분실하고 싶었으니까.

나는 허상이 아니었다. 코로나19 안전 안내 문자가 휴양림 소재 시청에서 날아왔다. 나를 너무 편애하여 잠시도 허술하지 않는 그대. 또 들키지 않을 허위자백으로 버텨야 한다.

그렇듯이 하얀 잎의 나무도 그 자리에서 버텨주길 바란다. 사랑은 그대를 위해 나를 견고하게 버티는 것, 버티면서 스며드는 것.

내 몫마저 버거운 내 마음 변함없이 감당해주길, 오래 하얗게 유인하길, 세상을 버티는 그대 사랑에게 바란다.

설정

세상을 속속들이 열어보고 싶어서 화면 밝기 최적화, 배경화면에는 다크 모드를 적용, 글자 크기도 키우면서 스마트폰 설정을 다시 했다.

스마트폰은 한결 선명하게 설정된 세상을 데려왔고, 나는 드러누워 마음에 드는 세상을 고르다가, 여기저기 뒤적이다가 느닷없이 나를 뒤적거렸는데

백화점에서 앞만 보고 알레그로나 비바체 풍으로 가던 내가, 진열대를 음미하며 렌토 혹은 라르고 풍의 걸음으로 변주되던 그날

에스컬레이트를 타고 오르는 동안에도 한눈에 조망되는 진열대, 저마다의 이름과 가격들이 사무치던 그날

시간이 휘발된 무중력 공간에서, 의식은 한없이 부유했

는지 무의식이었는지 분간할 수 없던 그날

　진열대 앞에 선 내 자세와 눈빛을 CCTV로 따져보면서, 신실한 고객으로서 자세와 눈빛 교정을 궁리하던 그대의 그날

　나는 백화점을 오르내렸지만, 상품의 품에서 몽유했다고 자신하는 그대에게 나도 이미 설정되고 있었다.

인증

메일, 문자, 뉴스, 영상의 스모그
호흡이 가빠 도시가 주저앉고
현기증으로 세상이 휘청거릴 때

맛없는 식이요법은 내 혀가 이미 변심했고
마음을 다독이지만 그가 나를 다독였고
명상요법도 오히려 그가 나를 명상했다

그의 나라를 버리고
바닷가로 웃으며 망명했던 그날

망망한 하늘과 바다 사이에 나를 세워
빛과 바람, 파도로 스모그를 지우며
셀카를 찍어 트위터로 웃었다

하늘과 바다를 배경 삼아

나를 청명하게 인증한 날이었다
나도 스모그였음을

풍경

아무튼 민첩한 세상에 동승하겠다는 각오였다. 간편인
증 앱을 까는 것으로 인증이 넉넉할지는 모르겠지만, 나를
통째로 까는 거나 다름없었다. 지난번 공인인증서는 아들
한테 과외를 받았지만, 오늘은 독학으로 인증이든 인정이
든 받고 싶었다.

이 앱은 열 수 없습니다. 간편한 세상이 내게 그리 쉽
게 오지 않겠지. 다시 정성껏 앱을 받아 깔고 가슴 졸이며
열었다. 간편할 거라고 믿고 시키는 대로 했는데 결국 또
헝클어졌다.

포기하고 앱을 노려보며 주저앉았다. 모욕감이 드는
나를 난감하게 위로했지만, 그날도 나는 세상에 어울리지
않는 풍경이었고

겨울바람이 비웃으며 달려가는 것을 착시라고 생각하

지 않았다. 차갑게 멸시하는 바람에게 쌍욕을 끓였다.

　겨울바람 너머 눈 덮인 산은 마음에 들었다. 인증서나 비밀번호 없이 온몸을 드러내는 산, 얼마의 시간을 비밀번호 넣고 나를 인증해야 세상을 곁눈질할까. 그날, 밤새도록 눈 덮인 산을 내려받아 가슴에 깔았다.

스마트폰 비빔밥

밥, 나물, 양념을 화해시키며
돌솥비빔밥을 비빈다

저마다 반반한 세상살이도 한자리에 모여
골고루 비벼졌으면 하고

밥을 비비면서 스마트폰 바탕화면
오늘의 날씨 흐림, 미세먼지 보통도 넣고
스마트폰 열어 여야의 맛깔난 욕설도 넣고

한 숟가락 입에 넣고 씹는다
이대남, 이대녀 시린 갈등도 반찬으로 씹고
러시아, 우크라이나 불꽃도 꿀꺽 삼킨다

갑자기 주식 시세가 궁금했지만
밥맛이 하락할까 싶어

누룽지를 만날 때까지 열심히 먹었다

누룽지를 긁어서 한입 물고
주식 시세를 열었더니 상승반전이다
모래알 같은 세상도 씹으면
누룽지처럼 고소할 것만 같았다

입가심으로 연예인의 마약을 마시고 나서
스마트폰을 닫으며 점심도 닫았다

오늘도 혼자 적적하지 않게
스마트폰을 맛있게 먹었다

중독

난 중독자다
하루라도 독한 세상 마시지 않으면
손이 떨리고, 어눌해지고
내가 나를 알아볼 수 없는

불면으로 자라는 밤
발효된 어둠을 안주 삼아
내가 구독하는 맛집
스마트폰에서 우려낸 독한 세상을 마신다

별들이 순환 궤도를 운행하듯이
유튜브, 카톡방, 뉴스
일상의 순환 궤도를 가는 걸음걸이
한 치 어긋남이 없다

더 벌거벗거나 독한 세상 아니면

어제와 내일이 분간되지 않고
산다는 건 그저 목숨이 풍화되는 일

내일 아침 숙취가 풀린다고 해서
스마트폰 문을 닫고 나와
거리 떠돌며 방언 쏟아낼지
내 안부는 또 맛집이나 떠돌지 않을지

3부

그에게 내 사랑을 인증했다

별의 체취

별 때문에 목숨이 흐려지네요. 밤하늘의 별들이 일 년 내내 휴업했으면 해요. 하늘을 두려움 없이 숨 쉬게 폐업하면 더 좋고요.

그해 여름밤, 바닷가로 날 불러낸 별들. 처녀자리에 내 운명이 산다는 것을 알려 주고 이른 아침에 홀연히 사라졌지요. 그들의 수다와 나의 침묵, 날과 씨로 방직하던 어둠을 거두어서.

오랫동안 처녀자리 내 운명을 잊고 살았는데 어느 날 느닷없이 별을 먹으며 살게 된 겁니다. 처녀자리 운명처럼 예민해서 바람결에도 흔들리고, 결벽증으로 삶이 캄캄해지면서요.

별 다섯 개만 먹으면 날아갈 듯한데 늘 별이 고파요. 인공지능은 나에게 불안만 배차하는군요. 오늘 밤은 지금까지 별 두 개만 먹었어요. 내일 아침 해고될지도 모를 불안을 잔뜩 넣고 비벼서요.

별의 체취를 호흡한 적 있는지요. 요즘 밤하늘은 온통 비린내로 풍성해요. 어제는 서울 근교로 대리운전을 갔는데 별들이 거기 다 몰려 있더군요. 누가 그 하늘을 영업하는지 별점이 수억 개니 대박 났겠지요.

오늘은 별들이 단체로 임시휴업하는지 하늘에 별 하나 없어 안심이네요. 하늘을 열고 심호흡하며 귀가하겠어요. 내 마음속의 별, 유치원 다니는 별이 얼굴 보며 밤참으로 두 개 정도의 기쁨만 웃음에 버무려 먹겠어요.

블랙박스

녹화를 시작합니다

오늘도 출발한다
당신이 나를 은밀히 들여다보듯
나도 당신을 진정으로 살피려고

당신과 나
이번 생에서 사랑의 좌표 찍기
X축과 Y축이 없는 삶의 공간에서

당신 노래가 기록되고
내 감춘 마음이 녹화되고
길 잃은 영혼마저 저장될 블랙박스

외장 뇌의 용량을 높여 드릴까요
사랑도 내려받기할 수 있습니다만

수시로 업데이트가 필요합니다

오늘도 도착한다
블랙박스 벗어나면 종료되는
당신과 나의 위태로운 사랑

녹화를 종료합니다

유령

나는 이미 유령
당신도 곧 유령이 될 것이다

당신의 그림자가 노동하는 오늘
내일은 그림자마저 해고되어

이진법 세상 뒷골목
디지털 청소 노동자로 떠돌며
인공지능이 흘린 허드렛일
욕설과 혐오의 배설물 닦아내는

이곳에서 목숨 이어갈 양식은
그에게 사랑을 아끼지 않는 일
보이지 않는 그의 손짓 보며
유령으로 신앙처럼 노동하는 일

그의 편애를 껴안는 동안
유령은 또 다른 유령을 낳고

그의 식민지에서 이단을 꿈꾸지 않고
유령으로 살며 아름다워지려는 것
우리들의 사랑법

오늘도 그에게
내 사랑을 인증했다

로봇 바리스타

고속도로 휴게소에서
로봇 바리스타가 조립한 커피
정밀하게 건네는 쓰디쓴 맛을 만났다
졸며 실어 온 삶이 단숨에 잠 깼다

커피잔의 온기를 어루만지며
그대 가늠하며 찻숟가락을 젖던 낡은 추억
지금 나는 재생될까, 로봇 바리스타 앞에서

사람들이 그를 열광하며
손가락 하트로 인증샷도 찍는다
로봇이 어깨 힘주고 하얗게 웃다가
표정이 불순한 나를 노려본다

눈치 보며 살아야겠다
로봇 청소기의 노동도 존중하고

인공지능 스피커에게 존댓말 쓰며
안내 로봇의 말을 바른 자세로 경청하면서

로봇 바리스타 손가락이 가리키는 내 등 뒤
식당에서 서빙 로봇이 나를 군침 흘린다

박물관에서

가로수 가지마다 욕설이 시푸르다
무인 자율주행차를 험담하던 택시 기사
물오른 욕지거리를 들을 때

서빙 로봇 식당은 봄을 할인판매 했고
로봇 바리스타 가게는 사람들로 만발했다

택시에 내려 박물관에 들어갔더니
안내 로봇이 아이들을 몰고 다닌다

세상에 로봇이 번식하면
인간의 생애는 봄날 오후의 여가일까
노동은 거실 장식장에 박제되어 있을까

이제 에덴동산에서 내린 벌을 거둘 때인지
에덴동산으로 다시 초대받아

인간은 꽃피지 않고도 열매 맺을 시간인지

먼 훗날 견학 온 아이들
수렵 채취 시대 진열대 옆에 전시된
논밭과 공장, 사무실에서 노동하는 인간 모형
멸종한 노동을 신기하게 사진 찍겠다

안내 로봇은 어물거리는 나를 밀치고
미래 영상관으로 아이들을 끌고 갔고
전시장 두꺼운 유리 안에서
내가 나를 불안하게 보고 있다

불안 마케팅

늘 흔들리며 살아요
삶의 무게중심을 낮추고 애써 버텨도

불안을 껴안아 불안을 출산하며
불안을 양육하는 나날

불안을 먹고 초목이 자라고
도시가 살찌고
세상도 안녕한가 봐요

아기가 잠 깰까 불안한데
소리 없는 에어컨이라면
남편은 찬바람 알레르기라서
바람 없는 에어컨이라면

신제품 광고를 보고도 사지 않으면

사랑을 유기한 내가
엄마일까요, 아내일까요

신제품 구매로 오늘은 용서받겠지만
내일은 또 어떤 불안이 나를 방문해
죄를 자근자근 다그치다가
웃으며 불안을 영업할까요

대박슈퍼 건너편

그는 손님들이 대박 나라는 뜻이라 했고
손님들은 그가 대박 나려는 상호라 했지만
정작 대박은 길 건너에서 터졌다

길 건너 잠도 없는 무인 편의점 바라보며
사람들이 대박이라고 소리 지르던 날
대박슈퍼 간판이 바람에 안절부절못할 때
그는 이미 바람에 실려 소문이 되었고

대박슈퍼에 이동통신 대리점이 자리했지만
그는 통신두절이었고 찾는 사람도 없었다
24시간 무인 편의점의 CCTV만
그의 마지막 말을 녹화했지만 눈 감고 있었다

내일은 무인으로 만나 안부를 살피고
무인으로 하루를 노동하고

그럼 사랑도 무인으로 저 혼자 설레겠다

세상은 무인으로도 맛있게 번창하려고
옆자리에 무인 반찬가게가 입점한다

검정 비닐봉지

한여름 서울역 광장
햇볕이 자리를 비운 건물 벽에 기대어
노숙자가 껴안고 있는
주름투성이 검정 비닐봉지 안

매연에 상한 영혼인지
미세먼지에 잔기침하는 꿈인지
소음에 가려진 울음인지

내가 숨 막히게 그 안에 있을까
상하지 않을 미래가 들어 있을까
비닐봉지 바깥을 바깥으로 믿을까

인공지능이 예보하는 내일 날씨를 믿으며
스마트폰으로 오늘을 검색하는 사람들
무선 이어폰을 끼고 내일을 통화하고

하트를 날리며 오늘을 셀카 찍는 사람들

그날 밤, 질기고 윤나는
어둠의 비닐봉지를 풀어 뒤적이는데
나도 검정 비닐봉지에 들어 있었다
영혼이 노숙하는 이진법의 광장
오늘이 이월된 내일을 마중하고 있었다

바람의 가격

폭염을 배송 물품과 함께 옮겨 싣던 날
창문도, 선풍기도 없는 창고 안은 39.4도

삼복더위에 바람의 가격도 대폭 상승했나
제품 검색을 하는데

미풍, 약풍, 강풍 편리하게 조정하고
(바람도 마음대로 만드는 세상)

상하 조절, 좌우 회전으로 구석구석 시원하게
(목숨은 상하, 좌우가 없고)

편리하도록 군더더기 없는 디자인으로 제작
(에누리도 덤도 없지만)

깔끔하게 보관하게 먼지 방지망도 제공

(목숨을 정갈하게 보관하고 싶었는데)

도서산간 지역은 배송 제한
(그의 목숨은 배송 제한마저 없고)

전 상품 무료배송
(기어이 무료배송된 상품이었는지)

바람의 가격을 검색하며
배송 중인 목숨을 조회했다

뷔페식당

동네 맛집인 한식 뷔페식당에서
내일 아침에 도착하려고
진열된 오늘 저녁을 챙긴다

좋아하는 음식 찬찬히 살피며
순서 정해 골라 먹으면서
세상살이도 하고 싶은 일 골라서 먹는
맛집 뷔페식당이라면

커피로 소란스럽던 미각 다독이며
내일 아침 메뉴를 고민하는데
아르바이트생이 다가와 탁자를 정리하다가
벽시계를 곁눈질한다

그도 하고 싶은 일 찾아
세상을 맛있게 먹는 중일까

그가 먹는 시간은 정식定食일까
그가 뷔페 메뉴는 아닐까

내일 아침은 아르바이트가 배송할지
하루를 노동할 아침도 비정규직 아침일지
내일이 불편한 오늘을 달래며
밤을 하청받은 어둠의 무리와 동행했다

비대면

평화 세탁소 장례식이었다
이웃들이 대면하여 침묵으로 조문했고
김씨도 삼십 년 평화를 마감하면서
침묵은 무너지지 않았다

골목 입구 큰길에서 몰려오는 돌개바람
몸을 비틀며 이웃들을 흔들어대도
이 골목에 익숙한 이웃들은 동요하지 않았다

마지막 눈인사를 나눌 때
트럭에 가득 실린 꽈배기 옷걸이
소복 차림으로 몸을 떨고
사람들은 저마다 얼굴을 감췄다

이제 사람은 얼굴 없이도 산다
신제품인 비대면의 대면

클릭 한 번이면 은혜가 적립되고
세탁 없는 세상이 당일 배송되는데

비대면으로 그의 해진 침묵은
박음질, 시침질로 수선할 수 있는지
얼룩진 마음은 세탁하여 당일 배송되는지
또 내일은 평화가 로켓 배송으로 오는지

그의 꽈배기 옷걸이에
나를 걸어 두고 물어봤다

4부

당신의 관람 예절로 세상이 상영됩니다

24시간 영화관

세상이 24시간 영화관인 건 익숙할 테고요
앞당겨 말하지만 관객은 절대 당신이어서
주인공으로 착각 안 하시길 권고드립니다

당신의 성향을 진심으로 살펴
미리 사귈만한 영화를 골라 줄 수도 있지만
권태로울 때 관심의 외도는 삶의 폭죽 같은 것
세상살이 늪에 빠진 많은 이들은
아예 관람을 망각할 수도 있고요

영화관람 예절은 애써 강조하지 않겠지만
사는 게 너무 투명해도 눈 감아야 합니다
사소한 사건이라도 이웃에게 귀엣말로 발설해
각본이 방향대로 흐르지 못하면 위험합니다

아주 작은 불빛도 태양으로 오인해서

이웃 관객에게는 희망으로 빛날 수 있습니다
마음의 전원마저 실수 없이 꺼야 합니다

무엇보다 상영 중 움직임은 불온합니다
무의식중 돌발 행동일지라도
타인에게 전염될 가능성은 다분합니다
자칫 영화관이 광장이 될 수 있으니
사회적 거리두기는 필수 사항입니다

생존을 위한 24시간 영화관
당신의 관람 예절로 세상이 상영됩니다

대화

세상이 자꾸 내 앞에서 멀어지는지
내가 세상을 멀리 떠나온 건지 풀이하다
기억은 지끈거리고 마음은 어지러워
머리를 감싸 안고 드러누웠지만
통증은 일어나 온몸을 밟고 다녔다

늘 앞장서 분주하던 시간도
팔베개하고 나란히 누웠다
서로 탓하면서 말없이 대화했다
누가 여기까지 데려왔는지

앞장서 신상품만 다그친 그를 원망했고
시장에서 발걸음 더딘 나를 책망했다
갈수록 내 그림자마저 일한다고 투정했고
유행하는 노동에 순응하라고 핀잔했다
저장할 내용이 쓰레기로 쌓인다고 불평했고

외장 뇌의 용량을 늘리라고 빈정댔다

지켜보던 어둠이 뜯어말려 그는 돌아눕고
나도 그를 등지면서 기억을 잃어버렸다
기억을 다시 찾아왔을 때
통증 대신에 아침이 나를 껴안았지만
구글 알람이 제 시각에 데려온 아침도
온통 붉은 통증이었다

회전교차로

이 사거리에서 좌회전하지 말았어야 했다
버릇처럼 한눈팔다가 길을 잘못 들어
일방통행의 고독을 껴안고 입맞춘 삶은
길고 질겼다

그날 유턴을 했더라도 길눈 분별없는 내게
꿈은 여전히 신호대기 중이거나
고독은 진입 금지 표지판을 들었을까마는

삶을 잘 실어나르려고 내비게이션을 장착했다
방향을 집에 두고 다녀도 나를 운전하여
오거리에서도 무사히 출구를 찾았고
목적지에 도착했다는 그의 말은 진심이었다

낙석 주의 구간이나 도로가 좁아지는 구간
전방에 과속방지턱이 연속으로 있어도

삶이 서툰 내게 안전 운행하도록
길이 아닌 길에서도 나를 안내했지만

내가 몽상하는 세상의 출구도 3D로 안내하며
백 미터 전방에 목적지가 있다는
그의 말을 여전히 신앙할 것인지

가야 할 주소 불명의 목적지는 기다리는데
그가 나를 운전하도록 맡길 것인지
내가 나를 운전할 것인지
오늘은 회전교차로였다

온라인 바둑

세상의 맥을 잘못 짚은 포석이었는지
가는 곳마다 미생마를 남겨 둔 탓인지
흑백의 내 발자국은 어지럽다

사활을 건 나의 믿음이
삶의 골목에서 축으로 몰린 오늘
얼굴 없는 너를 마주하여
반은 희고, 반은 검길 타협했지만

걸어온 길은 정석이었는지
아니면 자충수였는지
일수불퇴가 아니라면
나의 패착은 다시 패착이 아니었을까

거리에서 수상전을 벌이다가
호구에 들어간 일은 얼마일까

그리움 한 점, 외로움 한 점
패를 쓰면서
사석이 된 목숨은 얼마일까

나를 읽는 치밀한 너의 마음 보며
내 서툰 행마로 사석은 쌓여갈지라도
내일로 행마는 불안한 계가일지라도
아직도 묘수 찾아 무리수 던지는 나를
오늘도 복기한다

봄의 경제

봄꽃이 본격적인 상승 구간에 진입해서
지난겨울 매집한 그리움을 매도할까 가늠하면서
봄꽃의 상승 곡선을 따라 산을 오른다

정상이 올려다보이는 봄의 능선
도시가 내려다보이는 소나무 아래 바윗돌
싸리나무 가지에 걸려 버둥대는
2022년 5월 23일 월요일이 찢어진 경제신문
기사 일부가 햇빛에 시드는데

— 에너지株로 버텨 —
지금 강남 부자들은 목표수익률 —
추가 투자는 하지 않고 미국 대형주 중 —
부동산 관심은 여전 —

그는 여전할까

어쩌면 하한가를 맞고
그의 슬픔은 상한가일지도 모를 일
차가운 바윗돌에 앉아 붉고 파란 주식 앱을 보며
그가 물들인 삶이 그를 즐긴 것일까
찢어서 품고 간 것은 내일이었을까

나도 여전할까, 봄꽃은 정상으로 몰려가는데
오늘 또 어떤 빛깔의 욕망을 추격 매수할까

봄의 능선에서 욕망의 잔고를 전량 매도하고
그 겨울 매집한 그리움의 계좌에
나를 장기투자 하고 싶었다

열쇠

너를 만나
나를 본다

계단에 떨어진 열쇠 보며
자물쇠를 만난다

기다릴까
떠난 것일까

내일을 열기 전에
나도 버려질까

지문으로 홍채로
열쇠가 된 내가

현관, 사무실이 아닌

꽃도 열고, 하늘도 열고

몸의 무늬로, 눈빛으로
그대를 열고 싶다

텃밭 일기

- 유행

올 유행은 좀씀바귀다
둥근잎씀바귀라는 별명이 더 어울리지만
둥글게 부르기엔 마음에 모가 많다

작년에 휩쓸었던 바랭이 열풍 못지않게
잠시 한눈파는 사이 텃밭을 독점했고
바랭이보다 한술 더 떠 꽃을 열고
나를 노랗게 비웃기까지 한다

텃밭 옆에는 올해도 세력 확장에 전념하는
쇠뜨기와 단풍잎돼지풀이 버티고 있어
오늘을 가꿀 텃밭마저 줄어든다

눈앞이 아득하여 허리를 펴는데
좀씀바귀들이 엎드려 키득거린다

유행에 시비를 걸거나 욕설을 퍼부으면
세상이 가던 걸음 멈추고 한 번쯤 돌아볼까
내일을 파종할 텃밭은 자주 넓어질까

방동사니가 내년 대유행을 예비하는지
좀씀바귀 사이 간간이 얼굴 내밀 때
텃밭 가꾸던 오랜 꿈이 불안하다

스파티필름을 보며

이제 음지식물의 영혼도 만져질 것 같다
오존경보가 오랜 친구처럼 찾아와
외출이나 야외 활동을 다급하게 말렸지만
내 몸은 이미 광합성을 잊은 지 오래
음지식물의 영혼이 자란다

친구가 카톡방에 강원도 바나나 농장을 배경으로
주렁주렁 노란 웃음을 달고 인증샷을 올렸다
기술이 자연을 지킬 수 있다고
북극곰을 내세운 광고 사진까지 곁들일 때
네온사인에 오염된 어둠이 시들거린다

내가 기술로 음지식물이 되어 무성할지라도
그대는 내일 미소 짓는 북극곰을 만날지
기술이 시간마저 고갈시키는 시절에

햇빛 없이도 푸르른 스파티필름을 본다
나도 내일 저리 푸를 걸로 수긍한다
영혼도 잔기침 하나 없이
음지에서 하얗게 꽃피며 마중할 것이다

에스프레소를 마시며

오늘도 포인트를 풍성하게 적립했다
어둠이 적립될 때까지 외로움을 쇼핑하면서

그는 쇼핑 목록을 살피며 외로움의 가격대나
깊이와 너비를 가늠했을 것이다

커피숍에서 외로움의 무게로 내린
에스프레소를 마시며 나를 잠시 내려놓는다

농축된 어둠 사이에서 네온사인이 꿈틀거리고
적립된 포인트가 다시 나를 군침 흘리는데

내 목숨이 적립한 포인트는 얼마일지
어쩌면 오늘을 포인트로 연명하는지

포인트가 적립될수록 외로움도 성숙해

에스프레소의 쓴맛이 너무 달콤한 오늘

나를 다시 거래하려고 입맛 다시는 그는
오늘 밤도 불면으로 눈부시다

알레르기

그는 나와 사실혼 관계
몇십 년 동거로 아픔마저 다정하다

그가 포옹한 다음 날
계약대로 비바람이 몰려오거나
공기는 변심하여 냉랭해졌다

비바람 난폭하여 거리의 체온이 불안하거나
수상한 공기 마시며 서로의 의심이 무성할 무렵
미리 콧물, 재채기로 마음 다독이고

도시의 뒷골목을 배회하는 하수구 냄새
시장 골목마다 비린내가 노숙하지만
후각을 눈멀게 해 세상의 냄새를 비껴가고

사람 체온이 스마트폰보다 더 차갑고

시장에서는 상품이 사람을 거래하고
하늘과 땅바닥마저 광고가 우거질 때

아프게 어루만져주는 그의 어깨에 기대어
나를 걸어갔던 모든 아픔을 호명하며
그리움을 가꿀 수 있었다

내일을 사는 게 그리움이 헤집은 흉터에
또 생채기를 덧내는 일일지라도

모든 아픔을 연민하게 길들인 그만이라도
날 포기하지 않길 바란다

'디지털 유토피아'에서 살아가기 혹은 탈출하기

권순긍 (세명대 명예교수, 문학평론가)

휴대폰(이제는 '스마트폰'이라 불러야 하리라)을 깜박 놓고 그냥 나간 적이 있었다. 하루 정도는 쓸데없는 전화 때문에 귀찮지 않고 오히려 편하리라 생각했는데, 그게 아니었다. 필요한 연락을 주고받는 것은 물론 내가 참여하는 '카톡방'에서 실시간 이뤄지는 대화에 참여하지 못하는 데다 인터넷에서 필요한 물건을 구매할 수도 없었다. 가장 충격인 것은 '나' 자신을 '인증'할 수 없다는 거였다. 아니 내가 이렇게 멀쩡하게 존재하는데 나를 증명할 수 없다니! 모바일로 전송되는 이른바 '인증코드'가 내장된 스마트폰을 휴대하지 않아서이다. 해서 코로나가 기승을 부릴 때 병원이나 사람이 모이는 식당에는 들어갈 수가 없었다. 멀쩡하게 존재하는 나 자신이 이 디지털 세상에서는 내가 아니게 된 것이다. 그러니 이 첨단 디지털 세상에서는 "나는 **생각한다**, 고로 나는 존재한다."가 아니라 "나는 **접속한다**, 고로 나는 존재한다."로 바꿔서 생각해야 하리라.

'디지털 유토피아'의 소비와 거래

이중현의 이번 시집은 그런 첨단 디지털 세상을 살아나가야 하는 어색하고도 혼란스러운 일상을 잘 보여준다. 시인은 자신의 부재를 "어제도 나는 마땅히 남이었지만/ 잊고 사는데 전혀 어색하지 않았"으며, "내일 또다시 남으로 연명하겠지만/ 웃고 사는데 전혀 불편하지 않을 것"이라고 말한다. 왜 그럴까?

아침, 탈모를 잡으려고 머리 감을 때마다
배우 차인표를 거품 나게 문지르고

치아가 하얗게 웃을 때까지
미스코리아 이하늬로 양치질하고

예민한 피부를 달래 자신감으로 빛나도록
얼굴에 **가수 설현**을 골고루 다독였다

한낮, 소란한 마음 다독이려고
부드럽고 풍부한 맛의 김태희를 음미하고

저녁, 나를 실종한 오늘을 취하려고
아이유와 송중기를 2:8로 혼합해 마셨다

밤, 불면증을 잠재울
100% 완벽한 **전지현**에 누워 잠을 기르며

별이 빛나지 않는 밤일지라도
별밤지기 **김이나**에게 나를 맡겼다
- 〈부재〉 부분, 강조 인용자

이 디지털 시대 우리의 삶에서 대면하는 따뜻한 감성을 지닌 인간 존재가 사라지고 그 자리를 기호 혹은 이미지들이 채우기 때문이다. 차인표, 이하늬, 설현, 김태희, 아이유와 송중기, 전지현 등은 인간으로서가 아니라 각각 샴푸, 치약, 화장품, 커피, 소주, 침대 등을 선전하는 광고의 모델로 등장한다. 그들은 상품에 맞게 실제 자신과는 다른 이미지를 만들어 냈던 것이고, 우리는 현물이 아니라 그 이미지를 사서 소유했던 것이다. 멜로드라마의 고전 〈카사블랑카〉(1942)에서 주연을 맡았던 험프리 보가트Humphrey Bogart, 1899~1957가 자신이 나온 광고를 보며 "나도 험프리 보가트처럼 됐으면 좋겠다."고 말한 적이 있을 정도니 말이다.

이 디지털 세상의 커뮤니케이션은 직관과 통찰의 이미지로 이루어진다. 하지만 우리에게 익숙한 언어는 이성과 논리로 구성되어 있다. 시인은 이성과 논리의 언어로 디지털 세상의 이미지를 포착하려니 시들이 낯설고 교묘해진다. 이중현 시의 낯설음은 바로 여기서 비롯되지만 한편으로는 교묘하다. 잘 맞춰진 퍼즐의 조각처럼 이성과 논리를 대변하는 언어가 직관적인 이미지와 조화를 이루기 때문이다. "부드럽고 풍부한 맛의 김태희를 음미"한다고 하지만 그건 김태희가 광고하는 커피를 마신다는 뜻으로 바로 이해된다. '김태희'라는 은유가 광고를 통해 사람들에게 이미 익숙하기 때문이다. 마치 인간처럼 피와 살로 이루어진 교묘한 AI처럼 이중현의 시어는 기호나 이미지와 서로 삼투하고 있다. 왜 그럴까?

흔히 이성과 논리를 지니고 있는 언어는 '선형적linear' 커뮤니케이션으로 규정되고, 이미지는 '모자이크적mosaic' 커뮤니케이션으로 불린다. 해서 언어는 순차적인 방식으로 인과관계를 따지지만 시어詩語는 예외다. 언어의 인과관계에 다른 순차성을 거부하고 새로운 이미지를 생성하기 위해 여러 조합을 모색하기 때문이다. 그래서 여기에 모자이크적인 이미지가 개입될 수 있는 여지가 생긴다. 바로 이중현의 시가 위치하고 있는 지점이다.

언제나 얼굴은 감추고
나에게 사랑을 보여주는 이가 있다

그는 나를 밑줄 그으며 읽고
주석까지 달아 사랑을 진열한다

이맘때 나주 홍어를 주문했는데
검색 도중 홍어 광고가 물씬거렸다

그제는 동해 산오징어 특가 판매
아침에 잡은 홍게 당일 배송도 펄떡였다

작년에 장바구니에 담았다가 삭제해 버린
속옷도 모델이 대신 입고 웃고 있었다

주소지를 적지 않고 주문한 것
나를 남으로 바꿔 주문한 것까지

선착순 할인 판매에
감동이 일시불로 지출된다

거래는 사랑의 징표
그의 품에 나를 접속하는 것

그는 접속 서툰 내 마음 조율하며
일정표대로 나를 강제로 사랑한다

                         - 〈알고리즘〉 전문

인터넷 앱에서 상품을 주문한 사람은 알리라. 주문자가 관심을 보였던 품목은 끈질기게 따라와 소비자를 '스토킹' 하고 결국 사게 만든다. 이른바 '알고리즘'이 작동하기 때문이다. 그것을 시인은 "거래는 사랑의 징표/ 그의 품에 나를 접속하는 것"이라 했다. 여기서 거래나 구매는 곧 사랑으로 환치된다. 하지만 마지막 행에서 "일정표대로 나를 강제로 사랑한다"고 함으로써 그 사랑이 알고리즘에 의해 계획되고 강요됐음을 고발한다. 이렇게 알고리즘에 의해 소비를 강요하는 방식이 바로 디지털 시대의 상거래인 셈이다.

여기서 더 나아가 디지털 시대 소비문화를 기막히게 풍자하는 묘미를 보여 주는 시가 〈출시〉다. 다양한 상품이 출시되어 광고되는데, 그 상품들의 면목이 또한 기막히다.

그대 삶의 부산물
불안의 가격은 불안하지 않습니다

스트레스는 유행 타지 않는 일상품이지요
손에 들거나 주머니에 넣고 다니기 불편해도
항상 애용하는 스마트폰처럼

풍만한 밤의 나체를 탐하는 불면증이야말로
입맛 다실 만한 상품이고요

(중략)

발소리에서 도망치기 위해
영원을 질주할 필요는 없습니다
마지막 상품인 **죽음**은 절약해야 하니까요

마지못해 목숨의 재고가 바닥이라면
죽음 너머 세상도 맞춤 생산 가능합니다

소비자 반란이나 혁명, 철 지난 유행이지만
그것 역시 군침 도는 상품이고요

그대 **다채로운 삶의 부산물**
남김없이 가공하여 신상품으로 출시됩니다
— 〈출시〉 부분, 강조 인용자

　출시하는 상품이 바로 '불안', '스트레스', '불면증', '영원', '죽음', '죽음 너머 세상', '소비자의 반란이나 혁명' 등이다. 불안과 스트레스, 불면증은 이 복잡하고 혼란스러운 사회를 살아가는 현대인들에게 늘 따라다니는 고질병인데, 그것을 상품으로 만들어 출시함으로써 고도화 된 자본주의 사회의 어처구니없는 소비문화를 풍자하고 있다. 어디 그 뿐이랴? 죽음이나 죽음 너머의 세상까지 상품화 하여 돈 되는 것은 무엇이든 상품으로 만드니 과연 사고팔 수 없는 게 무엇이 있을까? 해서 '다채로운 삶의 부산물'을 모두 '신상품'으로 출시한다고 광고한다. 결국 시인은 이 고도로 발전된 자본주의 세상에서 발생하는 삶의 찌꺼기를 상품화함으로써 우리가 사는 이 세상이 얼마나 허접한 곳인가를 역설적으로 말하는 것이리라.

그런가 하면 이와는 반대로 〈쇼핑 목록〉에서는 "의류매장에서 봄빛과 궁합이 맞는/ 개성을 포장하고", "홍삼 엑기스로 봄 건너 여름마저 넘으려고/ 농축된 건강을 구입했"으며, "유기농 봄 채소로/몸이 소원하는 자연을 담고", "프랑스산 포도주 한 병/ 오늘 밤 아내와 마실 사랑도 껴안았"으며 "길거리에서 파는 붕어빵/ 아내와의 따끈한 추억도 5개 품었다"고 한다. 시인은 봄옷과 홍삼 엑게스와 유기농 채소, 포도주와 붕어빵을 샀지만 사실은 개성과 건강과 자연, 사랑과 추억을 산 셈이다. 이 은유의 원관념과 보조관념은 '포장하고', '구입했다', '담고', '껴안았다', '품었다'라는 서술어를 통해 무리 없이 서로 연결되고 있다. 해서 "봄은 할인으로 싹트고/ 욕망의 목록은 할증으로 무성했다"고 한다. 결국 쇼핑 목록은 욕망의 목록이지만 그 위에 개성과 건강, 사랑과 추억과 같은 할증으로 더 무성해진다고 말하는 것이다.

그러니 극도의 편리함을 추구하며 모든 상거래가 손쉽게 이뤄지는 이 디지털 유토피아에서 사고팔지 못하는 것이 무엇이 있을까? 심지어는 시간조차도 소비되어 "오늘의 단종으로 내일이 출시"(〈실시간 당신〉)된다고 한다. 엄청난 속도로 많은 물량이 순식간에 거래되는 디지털 시대의 소비는 과거와 미래의 시간개념마저 삭제해 버렸다. 과거는 말할 것도 없고 미래를 향한 "꿈을 재고 없이 소비해야" 할 정도다. 오직 현재만 존재하는 "실시간 소비를 위해"서다. 그러니 우리 자신도 "한 번 입고 버리는", "우리 애용품인 실시간 당신"에 불과한 것이라 한다. 풍자는 날카롭지만 뒷맛이 씁쓸하다.

내 안의 '매트릭스matrix' 스마트폰

이 디지털 유토피아, 첨단 디지털 정보화 세상의 실상을 집약적으로 보여 주는 것이 바로 인터넷이나 스마트폰이다. 스마트폰은 말 그대로 손 안의 또 다른 디지털 세상, 곧 '매트릭스matrix'다. 마침 20세기의 마지막 해에 개봉한 영화 〈매트릭스〉(1999)에서 화려한 이 세상은 기껏해야 컴퓨터 속에 내장된 프로그램에 불과했으니 말이다. 그러면 숨 쉬는 인간은 어디에 존재하는가?

시인은 그 인터넷 세상의 요지경을 〈축지법〉과 〈분신술〉을 통해 집약해 보여 준다. 우선 〈축지법〉에서는 무림의 고수들이나 했던 "북두칠성 기운을 정수리로 받아 단전에 모으고/ 발바닥으로 땅 기운을 모아 다리에 싣고/ 북두칠성을 차례로 건너뛰며 수련하던 축지법"이 "구글 위성을 타고" 순식간에 이루어졌다고 한다. 해서 "프랑스 콩코드, 중국 천안문 광장/ 미국의 월스트리트, 일본의 긴자 거리/ 내 눈앞에 순간이동으로 진열된" 것이다. 이 디지털 정보화 세상은 엄청난 거리의 세계를 순식간에 우리의 눈앞으로 불러들였다. 이게 축지법이 아니고 무엇이랴?

그런가 하면 〈분신술〉에서는 "신제품 무성생식의 분열법으로/ 내가 무수한 나를 가지고 있다"고 한다. 해서 "스마트폰에 넣어서 다니고/ 신용카드 칩에도 숨겨두고/ CCTV에 저장해 두기도 하고/ 때로 하늘에 보관하기도 한다"는 것이다. 디지털 세상에서의 자기 복제가 그것이다. 시인은 "오늘도 내가 도처에서 거래되며/ 또 다른 나를 자동 생성한다"고 한다. 그렇다. 디지털 세상은 복제의 천국이다. 실재와는 다른 수많은 내가 디지털 속에 존재하며 떠다니는 것이다. 장 보드리야르 Jean Baudrillard, 1929~2007가 말한 '시뮬라시옹simulation'의 세계가 바로 여기가 아닌가? 그러니 이 디지털 세상에서 존재하는 나도 결국은 부유하는 데이터의 하나임을 절망적(!)으로 인정할 수밖에 없다.

그의 나라를 버리고
바닷가로 웃으며 망명했던 그날

망망한 하늘과 바다 사이에 나를 세워
빛과 바람, 파도로 스모그를 지우며
셀카를 찍어 트위터로 웃었다

하늘과 바다를 배경 삼아

나를 청명하게 인증한 날이었다
나도 스모그였음을

- 〈인증〉 부분

시인은 디지털 세상의 온갖 정보의 홍수, "메일, 문자, 뉴스, 영상의 스모그"를 피해 드디어 바닷가로 '망명'하기에 이른다. 디지털 세상을 벗어났다고 좋아하며 파란 하늘과 바다를 배경 삼아 자신을 찍어 트위터에 올려 인증한 순간, 자신도 데이터 스모그에 불과하다는 끔찍한 현실을 깨닫는다. 마치 영화 〈매트릭스〉에서 수많은 인간과 그들이 사는 화려한 세상이 실은 컴퓨터 속의 프로그램에 불과한 것처럼.

이야기를 좀 바꿔 보자. "예전에 장주莊周가 꿈에 나비가 되었다. 훨훨 나는 것이 분명히 나비였다. 스스로 유유자적하고 마음대로라 자신인 줄 알지 못했다. 그러다가 문득 깨어 보니 분명 자기 자신이었다. 자신이 꿈에 나비가 된 것인지, 나비가 꿈에 자신이 된 것인지 알지 못하였다. 장주와 나비는 분명히 구분이 있을 것이니 이를 물화物化라고 한다." 저 유명한 『장자莊子』〈제물론齊物論〉편의 '호접몽胡蝶夢' 얘기다. 그러니 장자가 꿈에 나비가 된 것처럼 우리도 디지털 세상에서는 하나의 데이터, '스모그'로 존재할 뿐이다. 자신이 미처 깨닫지 못했을 뿐이다. 장자가 자신과 나비를 구분 못하듯 우리도 이 디지털 세상이 너무도 익숙하고 자연스러워 자신이 '스모그'인 걸 미처 몰랐던 것일까?

가상공간은 우리가 살아가는 현실세계를 탈물화脫物化 시킨다. 그러면 탈물화된 이 디지털 세상에서 자신의 실체를 찾기 위해 어떻게 해야 하는가? 시인은 비록 디지털 세상에서는 자신이 허상에 불과하다고 할지라도 현실에서는 진실이라 '허위 자백'을 하며 버텨주길 바란다. 산딸나무의 하얀 잎이 실상은 곤충을 유인하는 꽃받침이었지만 "지상에 하나뿐인 하얀 나뭇잎으로 다짐"하고 "하얀 잎의 나무는 허상이라고 세상이 비웃거나 비난할지라도 무작정 우기겠다, 내가/ 허상이 될지라도.…(중략)… 그렇듯이 하얀 잎의 나무도 그 자리에서 버텨주길 바란다. 사랑은 그대를 위해 나를/ 견고하게 버티는 것, 버티면서 스며드는 것."(〈산딸나무 아래에서〉)이라 말한다. 디지털 세상의 법칙과는 다른 진정한 자아를 찾기 위해서는 디지털 세상 속에 허상인 나를 거부하고 버텨야 진정한 자아가 스며든다고 한다.

마치 장자가 〈추수秋水〉 편에서 혜자惠子와의 '물고기의 즐거움'에 대한 논쟁에서 말한 바와 유사하다. 장자가 물고기가 즐겁게 놀고 있다고 하자, 혜자가 "자네가 물고기도 아닌데 어떻게 물고기의 즐거움을 아는가?"하니 장자는 "자네가 나도 아닌데 자네가 어찌 내가 즐거움을 모른다고 하는가?"라고 대꾸했고, 혜자가 다시 서로 상대방을 모르니 물고기의 즐거움을 모르는 것은 확실하다고 응수했다. 그러자 장자는 "자네가 내게 '자네가 어찌 물고기의 즐거움을 아는가?'라고 물은 것은 이미 내가 그것을 안다고 여겼기 때문이네."라면서 "나는 지금 이

호수의 다리 위에서 저 물고기와 일체가 되어 마음을 통해서 그 즐거움을 알고 있는 것이 되네."라고 했던 것처럼 자신의 허상을 거부하고 실상을 받아들이면 되는 것이다.

그리하여 탈물화된 디지털 세계를 거부하고 훈훈한 아날로그의 세상의 가치를 인정하고 받아들이면 되는 것이다. 그 복귀의 과정을 잘 보여 주는 시가 〈풍경〉이다. 시인은 자신을 '인증'하는 앱을 깔려다 계속 실패하고 결국은 포기하기에 이른다. 그래서 어떻게 됐을까?

이 앱은 열 수 없습니다. 간편한 세상이 내게 그리 쉽게 오지 않겠지. 다시 정성껏 앱을 받아 깔고 가슴 졸이며 열었다. 간편할 거라고 믿고 시키는 대로 했는데 결국 또 헝클어졌다.

포기하고 앱을 노려보며 주저앉았다. 모욕감이 드는 나를 난감하게 위로했지만, 그날도 나는 세상에 어울리지 않는 풍경이었고

겨울바람이 비웃으며 달려가는 것을 착시라고 생각하지 않았다. 차갑게 멸시하는 바람에게 쌍욕을 끓였다.

겨울바람 너머 눈 덮인 산은 마음에 들었다. 인증서나 비밀번호 없이 온몸을 드러내는 산, 얼마의 시간을 비밀번

호 넣고 나를 인증해야 세상을 곁눈질할까. 그날, 밤새도
록 눈 덮인 산을 내려받아 가슴에 깔았다.

- 〈인증〉 부분

시인은 앱을 열 수 없어 자신을 인증하진 못했지만 눈에 보
이는 자연의 풍경은 디지털 너머에 존재한다. 실경이 존재하
기에 비밀번호나 인증서 없이도 대면이 가능하다. 시인의 무
능력을 멸시하듯이 차갑게 불어대는 겨울바람을 원망했지만
눈 덮인 산의 풍경은 "인증서나 비밀번호 없이 온몸을 드러내"
기에 가상공간이 아닌 현실세계, 곧 아날로그의 감동을 전한
다. 결국 시인은 그 눈 덮인 산을 인증서 대신 "가슴에 깔았다."
고 한다. 아날로그인 지상의 풍경이 인증서가 되어 디지털의
세상에서 허우적대는 시인을 구원해 준 것이다. 시인이 바라
는 디지털 세계의 탈출구가 거기, 눈 덮인 산에 있었다.

테크놀로지가 지배하는 세상에서 살아가기

이 첨단 테크놀로지가 지배하는 세상은 인간의 노동이 필요
없는 전자동 기계화에 의존한다. 가장 대표적인 경우가 아마
도 인공지능 AI일 것이다. 처음에는 SF 소설이나 영화에나 등
장하더니 이제는 일상에서도 쉽게 마주친다. 식당에서도 마

주치고 심지어는 스마트폰도 인공지능이 내장된 것이 나올 정도다. 〈로봇 바리스타〉는 그런 인간과 기계가 뒤바뀐 일상을 날카롭게 포착하고 있다.

"고속도로 휴게소에서/ 로봇 바리스타가 조립한 커피/ 정밀하게 건네는 쓰디쓴 맛을 만"나면서 시인은 "졸며 실어 온 삶이 단숨에 잠 깼다"고 고백한다. 편하게 아무 생각 없이 살아오다가 테크놀로지가 지배하는 세상으로 바뀐 것을 비로소 알아차린 것이다. 해서 이제는 AI의 눈치를 보며 살아야겠다고 다짐한다.

눈치 보며 살아야겠다
로봇 청소기의 노동도 존중하고
인공지능 스피커에게 존댓말 쓰며
안내 로봇의 말을 바른 자세로 경청하면서

로봇 바리스타 손가락이 가리키는 내 등 뒤
식당에서 서빙 로봇이 나를 군침 흘린다
                              - 〈로봇 바리스타〉 부분

하지만 AI 로봇들이 뭔가 심상치 않은 분위기를 풍긴다. 인간과 로봇의 위치가 바뀌어 가고 있음이다. "표정이 불순한 나를 노려"보더니 "나를 군침 흘"리는 데까지 이른다.

〈유령〉은 여기서 더 나아간다. 테크놀로지의 비약적인 발전은 결국 인간을 노동으로부터 소외시키고 할 일을 없게 만든다. 인간은 무엇을 하며 살아야 할까? 어쩌면 AI의 뒤치다꺼리나 하면서 소일하지 않을까? 그마저도 AI가 복제를 거듭하다 보면 인간은 쓸모가 없어져 버릴 것이다. 그러면 어떻게 될까? 〈유령〉은 그런 세상을 절망적(!)으로 그린다.

나는 이미 유령
당신도 곧 유령이 될 것이다

당신의 그림자가 노동하는 오늘
내일은 그림자마저 해고되어

이진법 세상 뒷골목
디지털 청소 노동자로 떠돌며
인공지능이 흘린 허드렛일
욕설과 혐오의 배설물 닦아내는

이곳에서 목숨 이어갈 양식은
그에게 사랑을 아끼지 않는 일
보이지 않는 그의 손짓 보며
유령으로 신앙처럼 노동하는 일

그의 편애를 껴안는 동안

유령은 또 다른 유령을 낳고

그의 식민지에서 이단을 꿈꾸지 않고
유령으로 살며 아름다워지려는 것
우리들의 사랑법

– 〈유령〉 부분

미래에 테크놀로지가 지배하는 세상, 곧 인공지능의 '식민지'에서 인간은 철저히 소외되어 '유령'으로 살아갈 수밖에 없음을 말한다. '유령'은 존재가 아예 없거나 존재가치가 없는 경우일 것이다. 그러니 살아남기 위해서 "인공지능이 흘린 허드렛일"을 하면서 "그에게 사랑을 아끼지 않는 일"과 "유령으로 신앙처럼 노동하는 일"을 하는 것이다. 결국 인공지능을 사랑하면서 그들을 위해 일하는 것만이 생존할 길이라고 말한다. "이단을 꿈꾸지 않고/ 유령으로 살며 아름다워지려는 것"이 인간이 하는 최선의 일인 셈이다.

그런데 여기서 더 발전하여 완전한 인공지능의 세상이 됨으로써 그들 스스로 무한번식을 반복했을 때, 인간은 과연 무슨 일을 할 수 있을까? 인간의 일과 노동은 가능할 수 있을 것인가?

세상에 로봇이 번식하면
인간의 생애는 봄날 오후의 여가일까

노동은 거실 장식장에 박제되어 있을까

이제 에덴동산에서 내린 벌을 거둘 때인지
에덴동산으로 다시 초대받아
인간은 꽃피지 않고도 열매 맺을 시간인지

먼 훗날 견학 온 아이들
수렵 채취 시대 진열대 옆에 전시된
논밭과 공장, 사무실에서 노동하는 인간 모형
멸종한 노동을 신기하게 사진 찍겠다

　　　　　　　　　　　　　　　－〈박물관에서〉 부분

　이런 세상에서 인간의 일과 노동은 '거실 장식장'이나 '박물관'에 전시되었을 것이라 한다. 그 때가 오면 인간의 노동은 종말을 고하고 '멸종한 노동'의 시대가 될 것이다. 이제 본격적으로 디지털 디스토피아가 도래한 것이다.

　이런 위험 때문에 최근 유럽연합 의회가 〈AI 규제법〉을 통과시켰는데, 고위험 등급으로 분류되는 의료·교육을 비롯한 공공 서비스나 선거, 핵심 인프라, 자율주행 등에서 AI 기술을 사용할 때 사람이 반드시 감독하도록 하고 위험관리 시스템을 구축해야 한다고 규정했다. 더욱이 '범용 AI(사람과 대등하거나 그 이상의 지능을 갖춘 AI)'를 개발하는 경우에는 그 과정에 대한 '투명성 의무'를 부여하기로 했다. 실상 챗GPT 등의 '생성형 AI'가 엄청난 속도로 개발되면서 이런 우려 속에서 법률이 제정된 것이다. 생성형 AI는 평범한 과제물은 물론 고도의 논리가 요구되는 논문이나 심지어는 시, 소설 등의 문학 작품과 회화나 작곡 등도 무난히 수행하고 있다. 테크놀로지 세상이 어디까지 갈지 지금으로서는 가늠할 수조차 없다. 2년 내에 곧 인간을 능가하는 AI가 나올 거라고 일론 머스크Elon Musk, 1971~는 호언장담했다.

다만 AI 스스로가 인간으로부터 아무런 지시도 없이 자율적인 사고를 하여 자신들의 능력을 점검하고 세상을 뒤집을 불온한 꿈을 꾸지 않기만을 바랄 뿐이다. 저주받은 걸작 〈2019년 블레이드 러너〉(1982)에서 AI인 로이가 "나는 생각한다, 고로 나는 존재한다."고 외치는 것처럼 말이다. 이제 첨단 테크놀로지의 진보 속에서 우리는 어떤 삶을 꿈꿀 수 있을까?

'디지털 디스토피아'에서 탈출하기 혹은 꿈꾸기

이 첨단 테크놀로지의 세상과 시인은 결코 화해할 수 없다. 〈대화〉에서 시인은 왜 그렇게 됐는지, 왜 이 디지털 세상과 그렇게 멀어지게 됐는지 자세히 설명한다.

앞장서 신상품만 다그친 그를 원망했고
시장에서 발걸음 더딘 나를 책망했다

갈수록 내 그림자마저 일한다고 투정했고
유행하는 노동에 순응하라고 핀잔했다
저장할 내용이 쓰레기로 쌓인다고 불평했고
외장 뇌의 용량을 늘리라고 빈정댔다

지켜보던 어둠이 뜯어말려 그는 돌아눕고
나도 그를 등지면서 기억을 잃어버렸다
기억을 다시 찾아왔을 때
통증 대신에 아침이 나를 껴안았지만
구글 알람이 제 시각에 데려온 아침도
온통 붉은 통증이었다

- 〈대화〉 부분

첨단 테크놀로지는 시인에게 디지털에 적응하는 발걸음이 더디다고, 디지털 노동에 순응하라고, 데이터의 용량을 늘이라고 책망하거나 빈정댔다. 그러니 시인은 결코 이 첨단 테크놀로지 세상과 원활하게 소통할 수 없었다. 새로운 아침이 찾아왔지만 여전히 '붉은 통증'이 남아있었다. 이 시대와는 결코 화해할 수 없다는 증거다.

〈알레르기〉에서는 첨단 테크놀로지 시대와 불화 속에 생긴 상처에 '그리움'을 가꾸며 새로운 세상이 자신을 포기하지 않길 바라기도 한다.

아프게 어루만져주는 그의 어깨에 기대어
나를 걸어갔던 모든 아픔을 호명하며
그리움을 가꿀 수 있었다

내일을 사는 게 그리움이 헤집은 흉터에
또 생채기를 덧내는 일일지라도

모든 아픔을 연민하게 길들인 그만이라도
날 포기하지 않길 바란다
                              - 〈알레르기〉 부분

그리움! 그렇다. 시인은 어쩌면 시인이 바라는 새로운 세상
에 대한 그리움을 통해 이 아픔과 불화의 시대를 이겨나가는
것인지도 모르겠다. 비록 그것이 "그리움이 헤집은 흉터에/ 또
생채기를 덧내는 일일지라도" 말이다. 그러면 인간 냄새 풍기
는 새로운 세상은 어디에 있는 것일까? 시인은 〈열쇠〉에서 자
신의 몸으로 그런 세상을 열고 싶다고 말한다.

지문으로 홍채로
열쇠가 된 내가

현관, 사무실이 아닌
꽃도 열고, 하늘도 열고

몸의 무늬로, 눈빛으로

그대를 열고 싶다

— 〈열쇠〉 부분

자신의 몸을 던져 민주화를 이루고자 했던 저 뜨거웠던 80
년대처럼 이제는 자신의 몸이 지문이나 눈빛으로 직접 열쇠가
된 시대에 단순한 공간이 아닌 '그대', 곧 새로운 세상을 열고
싶다고 한다. 80년대 민중시의 어법이 테크놀로지 시대에 맞
게 진화된 모습이어서 주목된다. 게다가 그런 세상을 열고자
시인 자신이 음지식물 스파티필름이 되어 "햇빛 없이도 푸
르른 스파티필름을 본다/ 나도 내일 저리 푸를 걸로 수긍"하
며, "영혼도 잔기침 하나 없이/ 음지에서 하얗게 꽃피며 마
중할 것이"(〈스파티필름을 보며〉)라고 새로운 세상을 꿈꾼다.

이중현의 시는 "사람 체온이 스마트폰보다 더 차갑고/ 시장
에서는 상품이 사람을 거래하고/ 하늘과 땅바닥마저 광고가
우거"(〈알레르기〉)지는 이 첨단 테크놀로지 시대를 맞아 이
미 기능이 약화된 '언어'를 갈고 벼려서 그 세상과 맞선다. 그
럼으로써 디지털 세상 속으로 헤집고 들어가 디지털 유토피아
세계의 허상을 날카롭게 해부하고 풍자한다. 그런 점에서 이
중현의 시는 '디지털 풍자시'인 셈이다. 평생 아이들을 가르치
는 일에 몸을 담았고 교육운동과 개혁에 헌신했던 시인이 이

제 실체 없는 첨단 테크놀로지에 맞서서 풍자의 칼날을 휘두른 것이다. 그런 만큼 시는 기존의 문법으로 이해되지 않는 낯설고 교묘한 형상을 하고 있다.

무엇보다도 시인이 지녔던 고귀한 가치들, 인간성의 회복이나 노동의 신성함과 인간들의 따뜻한 교류 등을 첨단 테크놀로지 세상에서도 그대로 보존하려고 시도하고 있다는 점이 놀랍다. 이 때문에 그것이 첨단 테크놀로지와 이윤추구 시대에는 낯설지만 또한 빛을 발한다. 이른바 '4차 산업혁명'이라는 지구상의 대전환에 맞서 시대를 풍자하기 때문이리라.

이제 무엇을 쓸 것인가? 여기 실린 이중현의 시의 많은 부분은 첨단 테크놀로지에 대한 풍자로 가득하다. 하지만 풍자가 어떤 지향을 가질 때 더욱 빛을 발할 수 있는 것은 분명하다. 시인은 "내가 몽상하는 세상의 출구"를 향해 "가야 할 주소 불명의 목적지는 기다리는데/ 그가 나를 운전하도록 맡길 것인지/ 내가 나를 운전할 것인지"(〈회전교차로〉) 아직은 회전교차로에서 망설이고 있지만 "내 서툰 행마로 사석은 쌓여갈지라도/ 내일로 행마는 불안한 계가일지라도/ 아직도 묘수 찾아 무리수 던지는 나를/ 오늘도 복기한다"(〈온라인 바둑〉)는 것을 보면 무수한 시작詩作의 끝에서 분명 빛처럼 해답을 찾을 것으로 보인다. 그런 점에서 여기 실린 이중현의 시는 첨단 테크놀로지 시대를 가로질러 새로운 세상을 향하는 바로미터이자 이정표의 몫을 하고 있다.